# 寻找
# 布鲁图斯

[法]克里斯蒂安·格勒尼耶 著

张昕 译

电子工业出版社
**Publishing House of Electronics Industry**
北京·BEIJING

Sur la piste de Brutus

© RAGEOT-EDITEUR Paris, 2016

Author: Christian Grenier

All rights reserved.

Text translated into Simplified Chinese © Publishing House of Electronics Industry Co., Ltd,2022

本书中文简体版专有出版权由RAGEOT EDITEUR通过Peony Literary Agency Limited授予电子工业出版社，未经许可，不得以任何方式复制或抄袭本书的任何部分。

**版权贸易合同登记号　图字：01-2021-5007**

**图书在版编目（CIP）数据**

寻找布鲁图斯 /（法）克里斯蒂安·格勒尼耶著；
张昕译. --北京：电子工业出版社，2022.1
　（侦探猫系列）
　ISBN 978-7-121-42292-8

Ⅰ.①寻… Ⅱ.①克… ②张… Ⅲ.①儿童小说－长篇小说－法国－现代　Ⅳ.①I565.84

中国版本图书馆CIP数据核字（2021）第227894号

责任编辑：吕姝琪　文字编辑：范丽鹏
印　　刷：北京天宇星印刷厂
装　　订：北京天宇星印刷厂
出版发行：电子工业出版社
　　　　　北京市海淀区万寿路173信箱　邮编：100036
开　　本：787×1092　1/32　印张：19.625　字数：258.2千字
版　　次：2022年1月第1版
印　　次：2023年4月第6次印刷
定　　价：140.00元（全7册）

凡所购买电子工业出版社图书有缺损问题，请向购买书店调换。若书店售缺，请与本社发行部联系，联系及邮购电话：（010）88254888，88258888。

质量投诉请发邮件至zlts@phei.com.cn，盗版侵权举报请发邮件至dbqq@phei.com.cn。

本书咨询联系方式：（010）88254161转1862，fanlp@phei.com.cn。

# 在下，赫尔克里

我是一只猫。双胞胎姐妹给我起名叫赫尔克里。

这个名字不是我自己选的。我信任我的两个小主人，也就是给我起名字的双胞胎姐妹。不过，事实上，我才是"收服"了她们俩的"喵主子"呢！

她们俩的名字分别是贝贝和乐乐。

10岁的时候，贝贝的头发还是红色的，乐乐的头发还是金色的。除了头发的颜色，她们俩还是……有点儿像的。虽然她们俩的爸爸妈妈（麦克斯和罗洁丝）总说姐妹俩是一对"冒牌的双胞胎"。麦克斯和罗洁丝都在巴黎郊区的圣-德尼警察局工作。

双胞胎姐妹上小学五年级。在学校里，她们俩好像总是挨着坐。

不过，现在是假期。我们来到佩里戈尔度假，就住在小蒂波家的农场旁边。我就是在那座农场里出生的。

我最初的记忆就是一条大狗用他的大爪子搂着我。去年，我在那里一点点地长大，周围是鸭子、山羊、葡萄园，还有近在咫尺的大树林。我不记得自己的妈妈长什么样子，也不记得小蒂波的爸爸长什么样子——他去年冬天去世了,至于给农场带来许多收入的那些奶牛,我就更不记得了。

11岁的蒂波·利尼亚克上初中了。不过,他还是尽量帮妈妈干农活,比如喂鸭子和山羊。他自己打理了一小片长势很不错的菜园,还在葡萄园里摘葡萄。到了乡村集市的日子,他会去卖奶酪、果酱、肥鹅肝……农场里的这些东西都非常好吃,顾客们都喜欢极了!

我还记得我们的邻居经常来串门,他的名字叫热尔曼。

热尔曼是罗洁丝和麦克斯的老朋友。他是退休的警察局长,平时都是自己住。双胞胎姐妹把他当作亲爷爷。他对所有的邻居都很友善。我出生以后没几天,小蒂波偶尔忘记给我喂奶，我不得不去热尔曼家里蹭饭吃，后来干脆就在他家安顿下来了。

简而言之，热尔曼是我成为"喵主子"以后，成功"收服"的第一个人类。

每当双胞胎姐妹来到这里度假的时候，小蒂波也会马上跑过来。哈，他当然不是来看我的，而是来看她们俩的。他肯定"陷入爱河"啦，不过，他到底喜欢哪一个呢？我敢说他自己也不知道！

就这样，去年假期，双胞胎姐妹第一次见到了我。

第一眼看到我，乐乐就叫了起来："天哪，太可爱了！"

"热尔曼，这只超萌的小猫是你的吗？"贝贝问道。

"也不算是我的。不过，他经常跑过来看我。"

"那就是你的了，蒂波？"乐乐问。

"这只猫没有主人！"小蒂波大声说。

"那我们能领养他吗？"

"爸爸……求你了，好不好？"

"你们俩说什么呢！"

"妈妈，求你了……"

"绝对不行！你们觉得他住在圣-德尼的小公寓里会开心吗？"

然而，一个月以后，我大摇大摆地走进了他们的"小公寓"！爸爸妈妈到底还是投降了。

当然了，我对这里也没啥意见。要不然的话，我肯定会逃回去的。

啊哈，没错，猫咪会听话什么的，那全都是你们人类的幻觉。猫咪总是想干什么就干什么。作为一只与众不同、超凡脱俗的猫咪，我当然更是随心所欲啦。至于我"超凡脱俗"的证据，那就是我完全能听懂人类的语言。

10月末，麦克斯和罗洁丝把我和他们的

两个女儿送到了热尔曼家，我本来期待着能安安静静地过个假期……唉，看样子是没戏了！

这天早上，我正在双胞胎姐妹的羽绒被上睡觉，突然传来一阵大叫，喊叫声把我从睡梦里吓醒了。

小蒂波的声音从一楼传了过来，听起来绝望极了。

我把一只耳朵竖得更高一些,就是我刚洗干净的那只耳朵。我一路小跑,来到楼梯平台上,从上面往下看。这是我最喜欢的观察点。

在一楼的客厅里,双胞胎姐妹围在小蒂波的身边。

那个男孩正在抽抽搭搭地哭。看来,事情很严重。

"别着急,你的狗狗一定会回来的!"红发的贝贝很肯定地说。

"你也知道的嘛,他总是自己跑出去玩!"金发的乐乐跟着补充道。她还轻轻地在小蒂波的一边脸颊上亲了一下。

热尔曼从厨房里走出来,问道:

"哎呀,蒂波,你怎么来啦?"

"出大事了……布鲁图斯失踪了!"

# 老朋友不见了!

布鲁图斯是我认识得最久的老朋友。他是一条大狗,我就是在他身边长大的。失踪?这可不正常……

可是,热尔曼好像并不担心。

"他又把狗绳咬断了吗?还是又在栅栏底下挖洞啦?"

"都没有。他失踪了。我觉得他不会再

回来了。"

小蒂波向我们隐瞒了一些事情，我能感觉得到，热尔曼也感觉到了。

"你也知道，布鲁图斯胆子大，好奇心又重。他是个冒险家，天不怕地不怕……"

我立刻在心里加了一句：就怕蜘蛛！

"……他还是个探险家，东嗅嗅，西嗅嗅，到处管闲事，像个海盗。"

海盗。真是个绝妙的形容词！布鲁图斯虽然全身都是乳白色的，但他的一只眼睛上"戴"着海盗式的独眼眼罩。不过，那其实是一大块黑毛，就好像奶牛身上的黑白花纹一样。

哦，对了，他特别喜欢水。他老爸是只拉布拉多犬。

"你的狗狗肯定是自己逮兔子去了。"

乐乐很肯定地说，"也有可能是到大树林的沼泽地里玩水去了。"

"你为什么说他不会回来呢？"贝贝很不解地继续问道。

"今天我答应了妈妈要帮她干活儿。"男孩叹了口气，并没有回答这个问题。

他忍住抽泣，飞快地跑走了。

"他不应该只是哭，而是应该去找他的狗狗呀！"乐乐大声说。

"唉！"热尔曼叹了口气说，"他还有别的事儿要做呢。"

两个女孩都看着他。

"昨天下雨了，"热尔曼解释道，"蒂波肯定要去树林里摘些牛肝菌。明天星期日，是乡村集市的日子，他就可以带着牛肝菌去市场上卖了。你们知道吗？咱们早饭吃的果酱就是蒂波家做的。"

"那个果冻似的覆盆子酱吗？"乐乐问道，"它超好吃！"

他们的对话让我想起今早我还没吃饭呢。我走到两个女孩身边，用身体蹭着她们俩的腿。

白忙一场。

"布鲁图斯为什么不会回来了呢？"贝贝继续追问。

"因为有人把他给偷走了。"热尔曼嘟囔了一句。

"偷走？"乐乐重复了一遍，忍不住笑出声来。

我开始发出很友好的喵喵声。

毫无作用。

当然了，我也想知道布鲁图斯去哪儿了。我迫不及待地想出门。可是，饿着肚子出门？没门儿！

"他只是一只普普通通的狗，根本不值钱的呀！"乐乐说。

贝贝表示同意,还补充说:"他甚至都不是真正的拉布拉多犬!"

"话虽如此,"热尔曼点了点头说,"其实,布鲁图斯可金贵着呢……"

# 松露嗅探犬

"金贵？"双胞胎姐妹异口同声地叫起来。

"没错。也就是说，他跟金子一样值钱。这可是个大秘密。"

"热尔曼，你打算对我们……泄露这个秘密吗？"贝贝问道，她特别喜欢使用那些准确而又复杂的词。

"正是如此。不过，你们得答应我，绝不外传。"

我还在坚持不懈地喵喵叫个不停。又白忙了。那对双胞胎姐妹明显只对热尔曼的秘密感兴趣。

"一言为定！"她们俩各自举起一只手，大声保证道。

我第三次喵喵叫了起来："算什么秘密！我早就知道了！"

"我告诉你们啊，布鲁图斯是一只松露嗅探犬。"

"我们只知道有德国牧羊犬、警犬……"贝贝说。

"可是从来没听过松露嗅探犬！"乐乐接着说，"那是什么意思呀？"

"就是专门训练过的狗狗,用来寻找和挖掘松露。"

"松露?"

"松露是一种黑色的菌类,长在地底下,通常在橡树、椴树或者榛子树的树根附近。它们特别值钱。"

"特别值钱?那到底值多少钱呢?"贝贝问。

"每千克可以卖到上千欧元!"

我的猫粮就没有那么贵,而且就放在触手可及的地方!说起来,好像"触爪"也"可及"。

他们都无视我,于是,我自己溜进了厨房。我跳到了咖啡壶旁边。没错,我的猫粮袋子就在这儿!可它是封着的。

我一边努力尝试用爪子扯开袋子，一边听着热尔曼跟双胞胎姐妹解释："我们这里的乡村集市上最有名的就是松露。自打布鲁图斯出生起，利尼亚克先生就训练布鲁图斯寻找松露。每年，利尼亚克先生能卖出好几千克松露。松露给他带来了意想不到的财富。"

大事不妙！我晃动袋子的时候，它一下子掉到碗橱后面去了。我再也够不着它了！

"为什么这件事一定要保密呢？"贝贝问道。

"在我们佩里戈尔，"热尔曼认真地说，"谁也不会把挖松露的地点告诉别人。"

我现在不想要什么松露，只想要我的猫粮袋子。我回到双胞胎姐妹的身边，可是，要怎么跟她们解释呢？

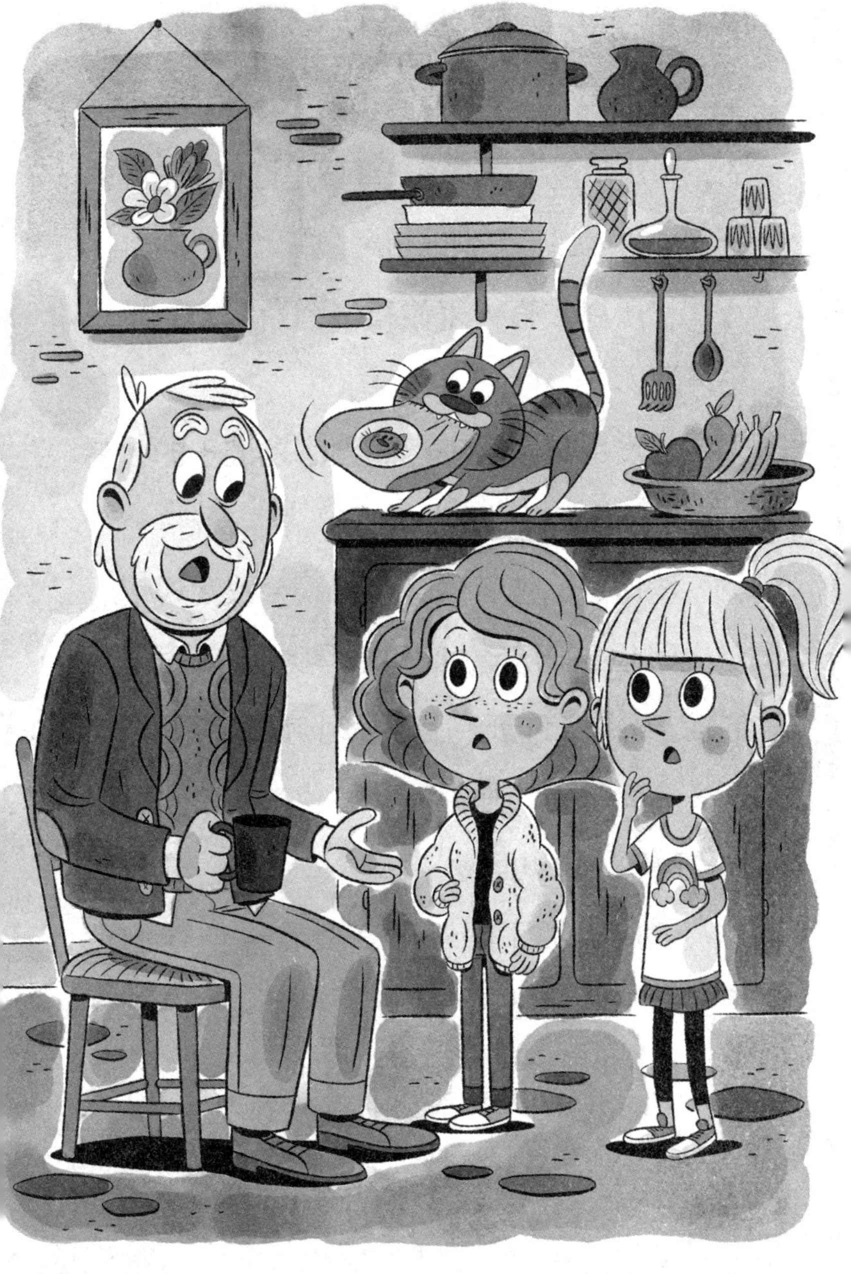

"再说，优秀的松露嗅探犬是非常少见的。"热尔曼继续说道，"要是谁有了这样的好狗，通常都不会到处炫耀。"

"所以才有人来偷布鲁图斯吗？"乐乐小声问。

"没错！我正在琢磨到底是谁干的。赫尔克里，你怎么看？"

没错，这位老局长有时候会跟我说话。自从我出生那天起，他就觉得我是只不同寻常的猫。可是，昨天晚上，我明明一直在睡觉！

"热尔曼，那你呢？你能去调查一下这件事吗？"贝贝问道。

老局长翻了翻眼睛。我看得懂他的意思——一只狗离家出走了，这可不是什么值得报警的大事儿！

"你们知道现在最要紧的事情是什么吗？"他伸着懒腰说道，"吃早饭！"

我绝望地喵了一声，表示自己同意他的说法。我跟着他来到厨房。热尔曼拿起咖啡壶，他看起来根本就没想过我的猫粮袋子到哪儿去了。唉，这也是自然的，它现在正卡在碗橱后头呢。天哪！为什么人类听不懂猫的话呢？！

"赫尔克里……呃，赫尔克里！你去哪儿？回来！"

这是我听到的最后一句话。

因为我已经跑远了。

在我看来，最要紧的事情已经不再是吃猫粮了。

而是布鲁图斯。

看起来没人打算去找他了？

那好，就由我来负责吧。

# 谁偷走了布鲁图斯

在我眼里,最漂亮的"松露"是不能吃的,因为它就是嗅闻我的那个黑油油的狗鼻子——布鲁图斯的鼻子。当我还是小猫崽的时候,布鲁图斯总是舔我,闻我,宠爱我,保护我。

猫和狗天生就是敌人?一派胡言!我跟布鲁图斯从来没吵过架。

所以我很想知道他到底出了什么事。

我从阳光房那边溜了出去,那里的落地窗总是开着的。

热尔曼的花园已经被野草占领了,真是天堂一样的地方!既没有菜地,也没有草坪,栅栏之类的障碍就更少了。

我穿过利尼亚克家的葡萄园,来到他们的农场里。我走进院子,找到了布鲁图斯平时住的大笼子。

小蒂波已经把笼门打开了。不过,挂锁并没有被撬过的迹象。

我从笼子上的一个大窟窿钻了进去。不过,要说这个窟窿是布鲁图斯弄的,那也太可疑了,因为它太大了,三只拉布拉多犬都可以轻轻松松地并排钻过这个窟窿。笼子顶上横放着一根铁链子，链条的一端耷拉下来，一直垂到了地面上。很显然，布鲁图斯以前就被拴在这里。

欸，那段耷拉下来的链条是断开的！或者，更确切地说，链条上的一环被扭断了。当然啦，布鲁图斯确实挺强壮的，但是，只有人类的工具才能做得出这样的破坏。

照我看来，小偷为了进入狗笼，先在笼子上弄了一个大窟窿，又用钳子弄坏了铁链，布置成布鲁图斯自己逃跑的假象。

可是，布鲁图斯为什么没有叫，没有反抗，没有咬小偷？太奇怪了。而且，最后一节链条上好像还有大蒜的味道……

我开始思考了。于是，我的喉咙里发出了"呼噜呼噜"的声音。

哈，没错，我知道，你们人类以为，猫咪从喉咙里发出呼噜声是因为他们很高兴。这简直太蠢了！就跟你们常说的"猫洗脸，狗吃草，不出三天雨来到"一样蠢。

其实，从喉咙里发出呼噜声的猫正在思考。

非常努力地思考。

所以我们才会发出那么大的声音来。

"赫尔克里！"

"你怎么会在这儿呢？"

哎呀，是双胞胎姐妹……我没瞧见她们来了！

"说起来，"贝贝很肯定地说道，"这座农场也算是赫尔克里的老家了。"

两个女孩走进狗笼，仔细地检查了那截

断开的铁链。

"你看这条链子有多粗！"乐乐大声说，"他太有劲儿了吧！难怪跟柔道大师布鲁图斯同名呢！"

另一种气味引起了我的警惕——是肉味儿。我看到一块牛排，走过去咬了一小口，立刻就吐了出来。这块牛排吃起来全是药味儿！

我叼着那块牛排，把它放在双胞胎姐妹的脚下。

"这是什么？"贝贝问道。

"这你都看不出来？这是布鲁图斯没吃的牛排呀！"

"他连肉都没吃就跑掉了，这不是太奇怪了吗？而且，连赫尔克里也没吃！"

"他不饿。今天早上，他都没吃猫粮就

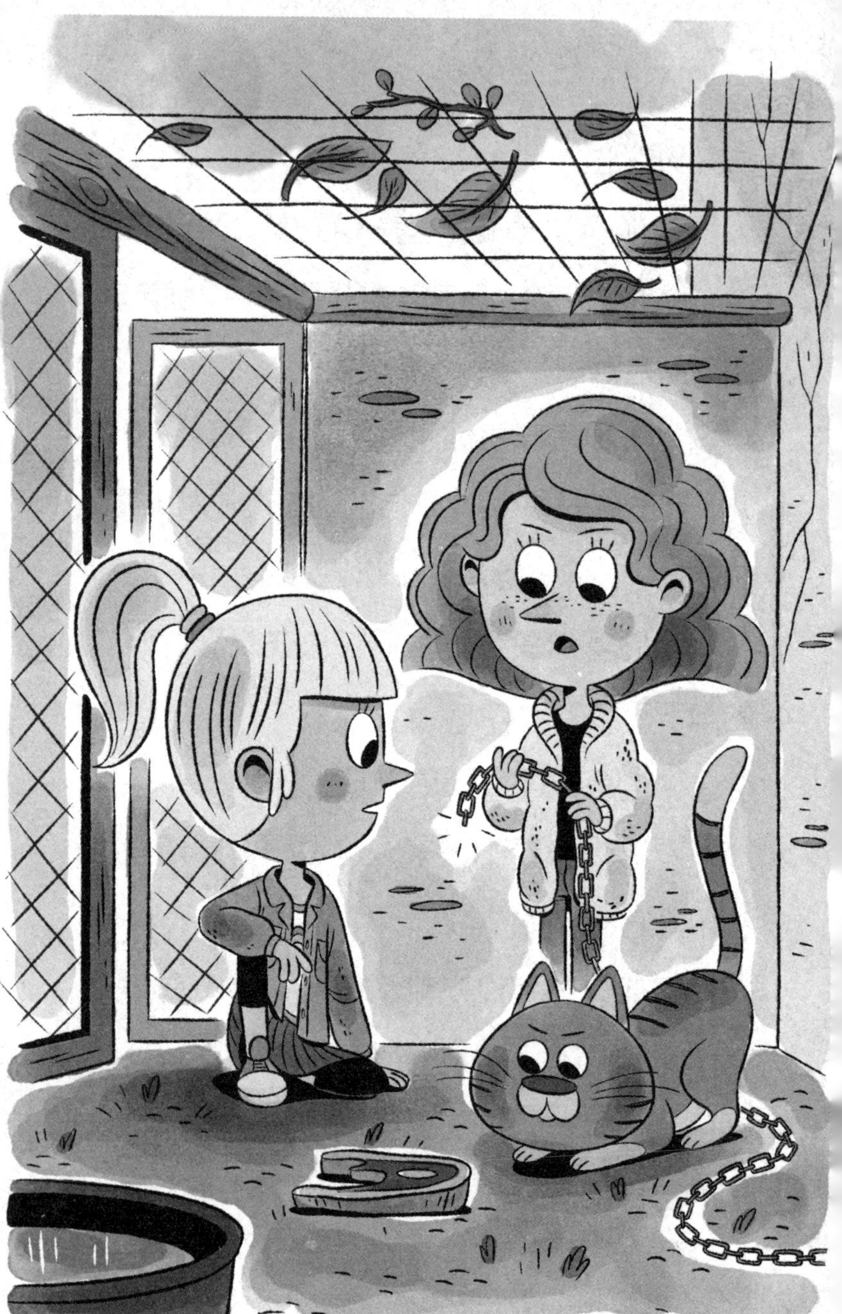

跑出来啦。"

为了向乐乐表示她说得完全不对，我凑上去嗅了嗅那块牛排，又马上往后退，就好像遇上了一条蛇。

"哦，你们好啊！谢谢你们来看我。"

小蒂波来了，手里提着一桶奶。这是他妈妈刚挤的山羊奶，特别美味！呃，没错，我有时候……会偷偷地去喝一点儿。

"我们在调查！"贝贝在狗笼里对他说道，"你知道布鲁图斯逃跑之前没吃牛排吗？"

"牛排？我几乎从来不给他吃牛排呀。昨天晚上，他吃了米饭和胡萝卜。你怀疑这块牛排被下了药吗？"

"没错！"贝贝肯定地点点头说，"有

人让布鲁图斯睡了过去,好把他带走!"

"蒂波,我们什么都知道了!"乐乐很开心地对男孩说道,"热尔曼把秘密告诉我们了。你家的布鲁图斯原来是松露嗅探犬啊!"

男孩脸红了。乐乐看出他有点儿不好意思,赶紧接着说道:"你知道谁有可能来偷你家的狗吗?"

"我不知道。这周围有许多人都卖松露。"

"那有谁知道布鲁图斯的天赋呢?"

"村子里所有的人都知道!在我们这里,秘密是藏不久的。再说,布鲁图斯也没有什么天赋,是我爸爸训练了他。我原本还指望着他能在今年秋天帮我找出一大堆松露呢……现在全都泡汤了。"

"蒂波！贝贝！你们快看，赫尔克里……他要去哪儿呀？"

人类就喜欢站在原地讨论个没完。

而我已经行动起来了。

# 让我来展开调查

我非常熟悉布鲁图斯的气味。我很快就找到了他的踪迹。我撒腿奔跑,想尽快穿过葡萄园。

"赫尔克里!"乐乐大声嚷道,"慢点儿跑!"

我跑进了大树林。这里的植物特别茂盛,到处都是小树丛、荆棘、蕨类植物……

那个给布鲁图斯下药的坏蛋走的是一条野猪踩出的小道。突然,三只受到惊吓的斑尾林鸽在我的眼皮底下扑棱棱地飞了起来。不远的地方,一只很大的动物也被我吓跑了,那是一只獾,鼻子和嘴巴部分是黑白两色……哇哦!大树林里的空气真让人陶醉!显然要比充满汽车尾气味道的圣-德尼好多了。

树林里的鸟儿都在叽叽喳喳地乱叫,就像是在嘲笑我。

我猛地停了下来。

"赫尔克里,怎么啦?"贝贝惊讶地问,"你找不到布鲁图斯的踪迹了吗?"

那倒不是。我突然嗅到了一只野猫的气味。我得小心点儿,我现在正踩在人家的地盘上呢。

又往前走了一会儿，布鲁图斯的气味中断了。这里是一片沼泽地，一大片黑乎乎的水，上面倒映出一排松树。

"布鲁图斯肯定从这儿游过去了！"乐乐看着沼泽说。

我倒认为，是那个小偷拖着布鲁图斯走进了水里，这样就能掩盖他们的气味和踪迹了。这是个行家，说不定是个猎人。难道他游过了整片沼泽地吗？我表示怀疑。我继续往前走。我猜他只是沿着沼泽边蹚着水前进的。最后，我们来到了一片林中空地，并且在这里再次找到了布鲁图斯的踪迹。

"那边就是去村子里的路啦！"小蒂波大声喊道。

果然，就在10米远的地方，有一条省道。

"轮胎印！"贝贝指着地上叫起来，那里有一道泥泞的车辙。

"好宽的轮胎啊！"乐乐接着说，"有一辆大马力的皮卡曾经停在这里呢。"

"也有可能是那种带顶篷的小货车。你们看，它肯定差点儿陷进泥地里出不来。"

小蒂波耸了耸肩，看起来不怎么相信她们俩的话。

"有谁能证明从这儿经过的就是偷走布鲁图斯的小偷呢？"

"赫尔克里呀！"双胞胎姐妹异口同声地叫起来。

她们俩把我抱在怀里，轻轻地抚摸我。这两个女孩觉得我特别厉害，我当然也非常喜欢她们俩。我尤其喜欢她们俩的金发和红发

轻轻蹭在我的毛皮上的感觉。她们俩对我太温柔啦!

"但是,说不定……"小蒂波咕哝着表示反对,听起来有点儿嫉妒我,"你们俩的猫只是想溜达溜达,刚好跑到这里来了而已。我们还全都傻乎乎地跟着他。"

这个男孩真的很讨厌。我用屁股对着他,

高高地翘起尾巴,表达我对他的鄙视。我的嘴巴刚好碰到了一截链子,链子的其中一头连在一个皮项圈上。

那是布鲁图斯的项圈。

"天哪!"小蒂波目瞪口呆地叫起来,"你们俩说得没错。"

他赞许地看着乐乐,又看着贝贝,就好像不知道自己更喜欢哪一个似的。或者,他正在琢磨是什么样的奇迹才让她们俩发现了布鲁图斯的踪迹。他捡起了项圈。

"这是一件物证!"贝贝模仿着她的警察妈妈的语气,非常肯定地说道。

"没错。"小蒂波点了点头说,"可是它并不能告诉我们到底谁是嫌疑人……"

"很可能是个男人,"贝贝猜测着说道,

"住在很偏僻的地方，很不老实，有一辆小卡车，还很了解你的狗。"

她指了指村子入口处的那些大招牌，招牌上分别写着：

### 特耶肉店
（手工制作熟食）

### 独木舟、皮划艇俱乐部
（每年6月至9月营业）

### 快乐小鸭
（卢瓦耶父子饭馆）

### 伊戈尔老爹果蔬店
（水果、蔬菜、鲜花）

"嫌疑人肯定是肉店老板！"乐乐叫起来。

"让-卢克？他就住在店里。你觉得他会把布鲁图斯藏在哪儿呢？"

"你说得对。"贝贝表示同意，"小偷

肯定住在更远的地方。你认识集市上那些卖松露的人吗?"

"认识,可我不知道他们都住在哪儿,你打算怎么找他们呢?"

三个人转身往回走。因为一无所获,他们仨全都是一副垂头丧气的样子。

我肚子空空,一路小跑。可是,明明所有的活儿全是我干的!

幸好,热尔曼还是想着我的。我来到厨房,发现猫粮袋子已经放在水槽旁边了。

下午,我躺在窗边,闭着眼睛,认真思考。没错,我把一天中剩下的时间都用来发出呼噜声了……

晚上,双胞胎姐妹跟热尔曼一起吃饭。他准备了姐妹俩最爱吃的菜——油封鸭。鸭肉

的香味飘了过来，让我鼻子发痒。唉，可惜我只能吃猫粮。突然，热尔曼家的电话响了。他接起电话。

"啊，罗洁丝，没问题，两个女孩都挺好……"

"是妈妈吗？"贝贝大声问道，她接过电话筒说，"布鲁图斯失踪啦！……嗯，对，我们在调查。"

她忘了说是我发现了布鲁图斯的踪迹。乐乐抢过了电话筒。"当然，没问题，妈妈，"她对着电话筒保证说，"我们肯定不会太晚睡觉的，我们一确定犯罪嫌疑人就立刻给你打电话！你让爸爸接电话好吗？"

人类呀，他们最爱做的事就是讨论，讨论完了就算完事。电话那边是两个警察，这边的饭桌旁还有两个"新手调查员"和一个退休的警察局长。结果呢？这一小撮人安安静静地吃了饭，然后就要去睡觉了。根本没人把我那位失踪的朋友放在心上。

我可不一样。没等他们吃完晚饭，我就悄悄离开了房子。

猫咪之所以总是白天睡觉，是因为我们热爱夜间行动。

# 危机四伏的夜晚

我首先仔细检查了附近的房子和花园。

迎接我的是无数狂怒的狗叫声。

在乡村,大多数居民都养狗,有的还养两条。夜间的来访者通常不受欢迎。

我先来到了独木舟俱乐部。管理人不在,放独木舟的棚子里什么活物都没有,除了三只小老鼠。

它们很走运。我今晚没时间跟它们玩。

肉铺的院子里散养了好几只杜宾犬。

我刚走近栅栏,那些看门狗就气得发疯,纷纷大叫着朝我扑过来。吵死人了!他们站在栏杆后面,一个个凶神恶煞似的。为了嘲笑他们几个,我大摇大摆地在他们眼皮底下走远了。

当然了,他们把周围的狗都吵醒了。那些狗回应着他们的叫声。那是一种非常原始的语言,大概可以翻译成这样:

"注意!"

"有情况!"

"有生人出现?"

"还不确定!"

"继续传话!全体警戒!"

吵得这么大声，结果什么用都没有……这就是狗！他们总是这样。

我一路小跑，来到了快乐小鸭饭馆。

卢瓦耶父子的饭馆已经关门了，他们的招牌被风吹得咯吱咯吱响。招牌上画着一只面带微笑的小黄鸭。它可真不该笑，因为它最后肯定会成为客人的盘中餐。

我仔细检查了装满瓶瓶罐罐的垃圾桶。瞧，有大蒜！

这也正常。他们店里给客人的推荐菜单上的第一道菜就是图兰汤，说白了就是本地特色的洋葱大蒜蛋黄汤。

突然，一阵狗叫把我吓了一跳。叫声是从花园尽头的狗窝里传过来的。窝里的狗肯定闻到我的气味了。我凑近栅栏，他们的叫声立刻凶了一倍。

我的天，里面到底有多少只狗啊？

我起码看到三只布拉克短毛猎狗、好几只西班牙猎狗，还有两只拉布拉多犬，其中有一只狗长得跟布鲁图斯很像，但他是黑色的。他吓得够呛，躲了起来。他很害怕。我猜是这样。

这里的气味都混在了一起。气味实在是太多了，根本分不出到底谁是谁。

突然，饭馆的厨房里亮起了灯。

门开了，突然出现了一个男人，手里还拿着一把猎枪。

他朝我这边举起了枪……

我撒腿就跑。只听一声枪响，铅弹嗖地从我头上飞了过去，把路边的石头炸开了花。

这家伙简直疯了！居然就这样瞎打一通！

转眼之间，我已经逃到了大路上。真是好险啊。

"咦，赫尔克里，你在这儿干吗呢？"

真不敢相信，竟然是双胞胎姐妹！她们俩骑着自行车过来了！

"那个人瞄准的是赫尔克里!我敢肯定!"陪着她们一起来的小蒂波大声说道。他肯定也是来翻垃圾桶的。

"饭店老板应该是把他当成一只大老鼠了吧?"乐乐问道。

"才不是呢!小卢瓦耶是个偷猎分子,只要一见到会动的东西就瞎开枪!"

"咱们去伊戈尔老爹果蔬店吧!"贝贝说,"待在这里会被人发现的。"

她说得没错。刚才的枪声把村子里的人都吵醒了。远处的窗户亮起了灯光,邻近院子里的那些狗又继续大嚷大叫起来了。

"赫尔克里,你快回家去吧!"乐乐接着说,"已经很晚了……"

她说什么呢?

随便给个手势,给个眼神,就指望一只猫咪会听她的话?照我看来,她们俩才应该上床睡觉呢!

我假装走开了。不过,我远远地跟着他们,一直走到了果蔬店的后院。那里停着一辆很旧的小卡车,车上飘出大葱、天竺葵和柴油的混合味道。

小蒂波用手电照了照那辆车,很肯定地说道:"我们在大树林里发现的轮胎印比它的要宽。不过,咱们还是进去看看吧。"

"你不害怕吗?"贝贝指着门口的牌子,小声问道。牌子上写着:注意,内有恶犬!

"放心吧,没事儿。"小蒂波回答说,"他家的狗不会咬咱们的!"

他说得没错。那只狗在自己的窝里睡

觉。这几个夜间访客从身边经过，那只狗连耳朵都没动一下。

"这很正常。"小蒂波笑着说，"它什么都听不见！"

"看来伊戈尔老爹也不是小偷。"贝贝叹了口气。

"咱们很快就知道了。"小蒂波说道。

他把两个手指含在嘴唇之间，吹了一声奇怪的口哨。

回应他的只有一片寂静。

小蒂波失望地垂下了头。如果布鲁图斯没有立刻跑过来，那就说明他在离这儿很远的地方。

"小偷很可能是个猎人。"小蒂波小声嘟囔着，"秋天，他们总会去大树林里找松露。我认识其中一个,他就住在这附近。我要去他那儿看一眼。你们俩回去吧!"

"你说得也对,就快到半夜啦。"乐乐打着哈欠说,"要是热尔曼发现我们俩没在房间里……"

"是呀。咦,赫尔克里?快跟我们走!"

"我们一直很担心你呀……"

还没等我表示反对，贝贝已经抓住了我，把我抱了起来。她低下头，让我贴着她的脖子，扒着她的肩膀。在我还是小猫崽的时候，她很喜欢这样抱我。

逃走？我压根儿没这么想过。这种抱抱实在太温柔了。

回去的路并不长。我一直用鼻尖蹭着她的耳朵。

回到热尔曼家，双胞胎姐妹悄悄地上了楼。她们把我放在床尾，小声哼唱着她们俩最喜欢的摇篮曲：

"乖猫咪，睡香香！"

"睡香香，做美梦！"

对我来说，这就是天堂啦……

# 松露集市

天刚蒙蒙亮，太阳还没有完全升起来。可是小蒂波已经来了。

"你要去村里的集市吗？"乐乐问道。

"是的。偷走布鲁图斯的人很可能也在那儿。昨晚我一无所获。"

"那你别骑自行车啦！"贝贝建议道，"热尔曼要开车带我们过去。我们也很想去看看这个集市是什么样儿的。"

我躺在窗户边上，瞧见双胞胎姐妹一个劲儿地恳求热尔曼。他喝完咖啡，叹了口气说："可是外面天都还没亮呢……唉，算了，我这就穿衣服，咱们出发！"

他刚一打开那辆旧车的车门，我就钻了进去。乐乐很惊讶。

"赫尔克里，你要跟我们一起去吗？真的吗？"

"不过，他会晕车的！"贝贝对热尔曼说。

净瞎说！明明是人类自己头脑发晕才对！坐在一个破烂铁皮盒子里每小时开到100千米？！还有其他铁皮盒子对着你开，在你旁边开，紧贴着你开！他们准是疯了！

不过,我确实也想去集市,这样才能继续调查。

幸好,路程很短。

"等一下!"热尔曼要关车门的时候,贝贝突然说道,"我要给赫尔克里拴根绳子。我可不希望他跑掉了。"

集市上到处都是黑压压的人群。当地的农民们都在卖自家的家禽、兔子、水果、蔬菜、葡萄酒,还有各种各样的蘑菇:牛肝菌、白伞菌、鸡油菌,等等。

小蒂波在他自己的摊位上摆好了奶酪、果酱和鸭胸肉。

"专卖松露的大集是下周日。"他对我们解释道,"看到没有?卢瓦耶先生在那边。"

饭馆老板也就是偷猎分子小卢瓦耶的父亲。

小蒂波小声说:"他来给自己的餐馆寻找松露。"

"这样才能把一道菜卖出天价!"热尔曼大笑着补充说。

我们离开了小蒂波的摊位。他看起来跟顾客们相处得很融洽。大多数客人都认识他,而且很喜欢他带来的东西。他卖出的东西比周围其他摊位都多!

双胞胎姐妹牵着我,在集市上绕了一圈。

人群里连一只狗都没有。活物只有兔子、小鸡、母鸡,以及一只猫。

啊哈,没错。被人牵着的猫,这可是很吸引眼球的。经过的人都停下来朝我看,就好像我是一只聪明的小猴子。

当我们来到停车场的时候,我瞧见卢瓦耶先生钻进了他的车里。那是一辆很宽的卡车,车身上画着一只眨眼睛的鸭子,它看起来好像在向我发暗号……

第二天早上,下雨了。阳光房的落地窗都关着。没法出去了,真是遗憾。要知道,从下周开始,我又要被关在六楼的公寓里了。不过,我其实经常偷偷从阳台溜出去找我的同胞们。游荡在楼顶排水槽里的猫都是我的朋友。

幸好,刚过中午,花园里就洒满了阳光。

"乐乐!贝贝!"热尔曼大声说,"趁着天气好,你们俩可以去大树林里转转。应该还能遇到小蒂波呢!"

"热尔曼,你怎么这么肯定呀?"乐乐问道。

"八九不离十吧。今天早上下过雨,蘑菇肯定都已经长出来了。小蒂波没有松露可以卖,那就只能去摘牛肝菌啦。"

到大树林里转转?我也想去!

## 意外的相遇

"贝贝,我们真的必须穿这种黄马甲吗?"

"当然啦,乐乐。我可不想被猎人当成狍子或者野猪,他们会从远处用枪打到我们的!"

双胞胎姐妹出门的时候,我也偷偷地从她们俩中间溜了出去。神不知,鬼不觉!

穿过葡萄园的时候,贝贝发现热尔曼说得没错,小蒂波确实没在家。

"可是,赫尔克里在呢。你瞧,他正跟着我们走呢。"

"没错。我们走一步,他就跟一步。这只猫简直跟狗一模一样!"

说得对。我跟其他普通的猫绝对不一样。因为他们这回没把我拴住,所以,我昂首挺胸地走到了他们俩的前面。

就好像我才是真正的主人。

我们刚来到大树林里,我就闻出了特别的气味。布鲁图斯来过了!毫无疑问,就在……最多一个小时以前,他来过这里!

我追踪着他的气味,穿过一丛丛灌木。

"赫尔克里!"乐乐大叫起来,"快回

来!"

我停住脚步,又继续朝前跑。咦,奇怪,双胞胎姐妹居然没有跟着我。

我听见她们俩在我身后大声说:"蒂波!真没想到在这儿遇到你啦!"

"你在这儿干吗呢?"

"你们看,我正在摘牛肝菌。"

"哇!"贝贝兴奋地说,"它们看起来可真棒呀!"

"前天,热尔曼还给我们做了牛肝菌蛋卷。"乐乐跟着说,"我超级爱吃!"

"这些都给你们吧。"小蒂波说着,把篮子里的蘑菇都倒了出来。

"那可不行!你还要拿它们去卖呢,对吧?"

"我还能摘到更多！拿着吧，乐乐，这些都是给你的。"小蒂波说，"……呃，贝贝，也是给你的。"他满脸通红地补充道。

"饭馆花多少钱跟你买这些牛肝菌呀？"贝贝问道。

"每千克6欧元。唉，松露的价格要比牛肝菌贵几百倍！哎呀，有人来了……"

我从灌木丛里钻出来。布鲁图斯之前肯定来过这里。我瞧见热尔曼身边跟着一名警察。

那个人跟他们仨打招呼：

"下午好，乐乐、贝贝！你好哇，小蒂波！"

"这是我的朋友，布鲁萨尔警官。"热尔曼对他们解释道，"他正在追踪一个偷猎

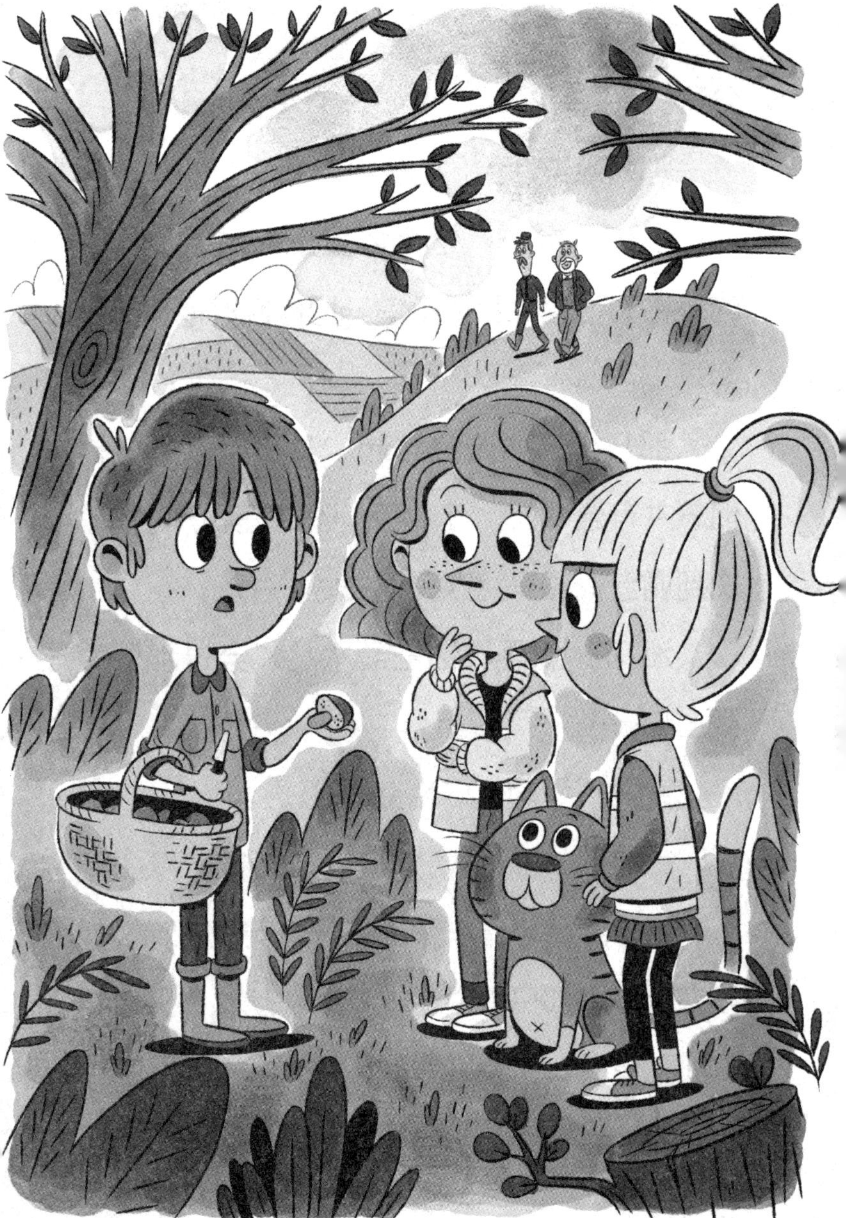

分子。"

那名警察递给他们一个套索。

"你们看看,这个坏蛋正在屠杀受保护的珍稀动物呢!我要不惜一切代价把他逮捕归案……"

那几个人类聚在一起,又开始闲聊。他们总共有五个人,其中两个还是警察。可是,说到调查,还得我这只猫去做!

没错,我再次钻进灌木丛,穿过那些蕨类植物……

我发现面前有一片空地。

就在那边的池塘旁边,在一棵老橡树底下,有个穿着粗布衣服的家伙牵着一只狗。他正在小声跟那只狗说话:"对,就这样,皮特鲁斯,快找!给我好好找……"

我认出了那个家伙。他就是那个朝我开枪乱射的家伙——卢瓦耶饭馆老板的儿子。他仍然斜挎着猎枪，脚下还扔着一个口袋，看起来装满了东西。

至于那只狗……他看起来像一只拉布拉多犬。

他跟布鲁图斯长得很像，甚至闻起来也一模一样……

不过，他是只黑狗。

# 人赃并获

"太棒了！"那个猎人紧紧拉住狗绳，大喊起来。

他从地里把一个很大的东西连根拔起，举起来冲着阳光的方向看。那东西就像一个黑色的椰子。照我看，那一定是松露，也就是被人类叫作"黑色钻石"的那种非常有名的菌类！

"加油,皮特鲁斯,继续找……"

那只狗朝我的方向嗅了嗅,呜呜地叫了起来。

"蠢货!皮特鲁斯,快找!"

可怜的狗只想逃走。那个人拉住了狗项圈。那只狗不停地挣扎着,朝我大叫着。

毫无疑问,他就是布鲁图斯!哪怕他变了颜色,我还是认出了他。唉,我要怎么才能救他呢?

"你这蠢狗!不听话是不是?快给我继续找!"

那只狗继续挣扎着,他的身体蹭在了一棵桦树上,树皮立刻被染上了黑色。我明白了,那个小偷把布鲁图斯染了色,还叫他"皮特鲁斯",因为这个名字跟"布鲁图斯"很像，他指望着这样一来布鲁图斯就会听话。

唉，虽然我是只绝顶聪明的猫（没错，我要跟你们反复强调这一点），可我还是不知道怎样才能帮助布鲁图斯逃脱魔掌。

我悄咪咪地朝他们走过去……哈，没错，因为我是只猫嘛，"悄咪咪"这个词最适合我了。

于是，我看清了那个坏蛋脚下的口袋里装着的东西：死掉的鸟、捕兽夹子、套索……

我探头叼住其中一个套索，突然闻到那个口袋里有股很可疑的气味。对！是大蒜！

毫无疑问，我找到了嫌疑犯。

我立刻带着"战利品"溜走了。

热尔曼、小蒂波和双胞胎姐妹很快就发现了我。

"赫尔克里!"贝贝叫了起来,"你嘴里叼着的是什么?"

"是套索!"热尔曼说道,"赫尔克里,快把那东西给我!"

没门儿。

我沿着来路跑了回去。

正像我所希望的那样,这回他们几个人总算跟了上来!


那个警察在我身后低声说:

"大家安静!林中的空地上有人……"

那个坏家伙还在对布鲁图斯大吵大嚷,根本没注意到有人来了。

"帕特里克,你好啊!要帮忙吗?"

那个偷猎分子惊讶地抬起头来,发现自

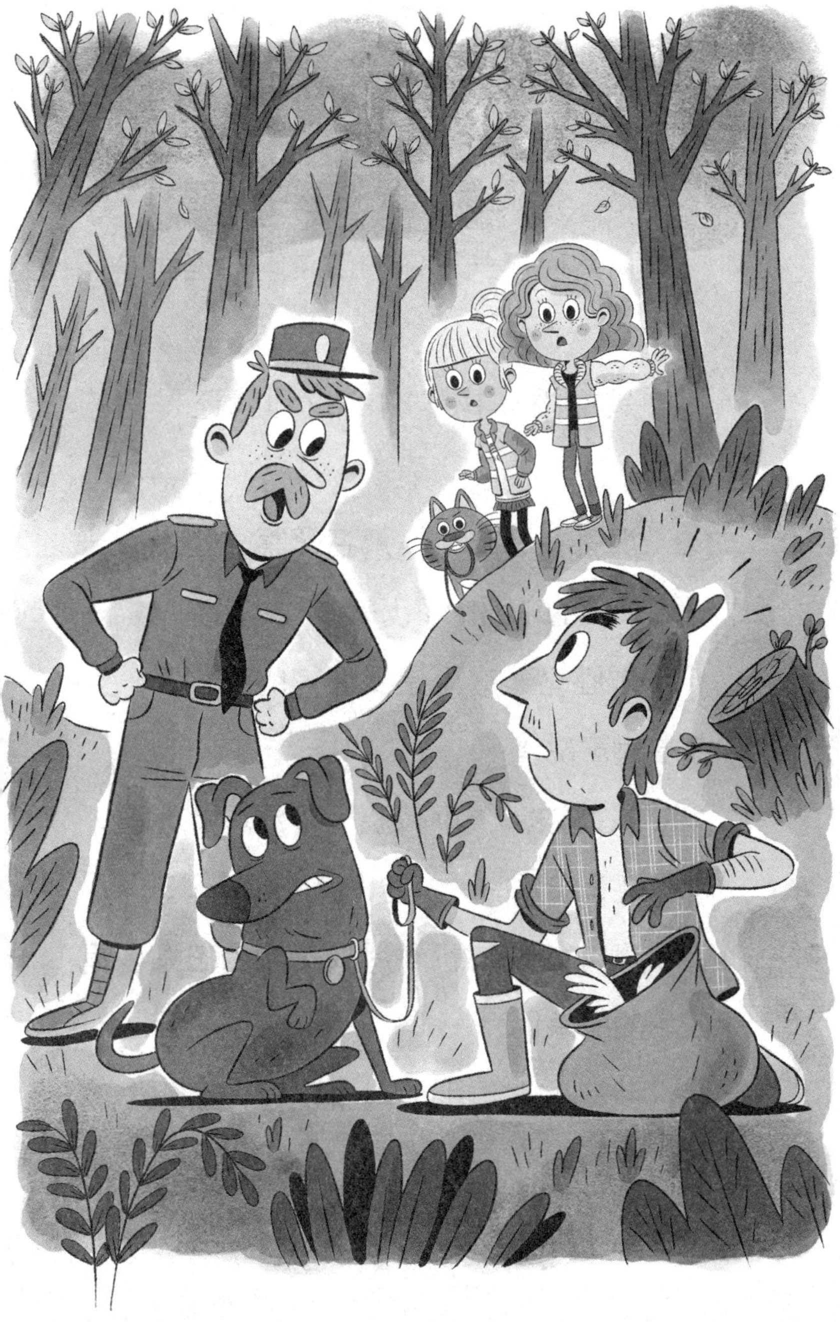

己面前站着警察。

"呃,不用。我这条杂种狗不听话!"

"我能检查一下你的口袋吗?里面是什么?"

"是松露!找松露的权利我还是有的吧,嗯?"

"那就看看吧!"那名警察一边说,一边把口袋里的东西倒了出来。

"戴胜鸟!这可是受保护的物种啊!"热尔曼大声说。

"看那边。"小蒂波指着池塘补充道,"那里还有一只白鹭,它也已经死掉了。"

我刚才都没注意到那只美丽的白鸟。真是残忍的屠杀!

"我来的时候那只鸟就已经死了!"偷

猎分子大声辩解道。

"你说谎。你的猎枪还发热呢。帕特里克,这回我可是人赃并获了。"

我跑到了布鲁图斯身边,他看到我们高兴地叫个不停。

"你给我安静!"那个小偷抓着狗绳,恶狠狠地命令道。

怎么回事?那个警察要把他们带走了?大家都没反应?!

你们看清楚,这是布鲁图斯!布鲁图斯!

我生气地喵喵大叫,可是一点儿用也没有。根本没人注意我。

我冲向那个可恶的坏蛋,伸出尖尖的爪子,抓破了他的手。他疼得龇牙咧嘴,放开了手里的狗绳……啊哈,我真棒!

我转向布鲁图斯。他已经重获自由了。我喵喵地叫着，对他表示友好。

可怜的狗狗，他完全没有任何反应。他肯定被这个抓他的坏蛋给吓坏了。

那几个人类跟他一样，对我的叫声毫无反应。他们都是聋子吗？！

不但耳聋，而且眼瞎！

我该怎么做，才能让他们看出皮特鲁斯就是布鲁图斯呢？

# 快乐的重逢

以前，布鲁图斯和我最喜欢玩的游戏就是躲猫猫！

于是，我喵喵叫着跳到他的鼻尖跟前。这是在告诉他："你肯定找不到我！"

很好，他明白了，跟着我跑了起来。

可是，那两个警察并没有注意到我们，那个被逮住的坏蛋吸引了他们的注意力。双胞胎姐妹一边笑一边看我。就算这只狗是黑色的，她们难道就没觉得他很像布鲁图斯吗？

突然，我瞥见了池塘。有办法了！

我鼓起勇气冲进了池塘。对我来说，这可是个巨大的牺牲。和所有的猫咪一样，我非常怕水。更何况，池塘里的水还结着冰！天哪！

至于布鲁图斯，他倒是毫不犹豫地冲进了水里。我的目的达到了！

贝贝和乐乐在岸边大叫起来：

"赫尔克里！你疯啦！"

"赫尔克里，快回来！"

我当然听了她们的话，跑到她们身边，把湿漉漉的身体往她俩的腿上蹭。布鲁图斯也跟着我回来了。他摇晃着身体，想把水甩干。

他甩得起劲极了。

"慢点儿！"乐乐不高兴地说，"你溅了我们一身水！"

"等等！你看，这是怎么回事？"贝贝指着自己的马甲说。

那件马甲原本是亮黄色的。现在，马甲上面全都是黑点！

"是颜料！"那名警察叫了起来，"这只狗……掉色了！"

没错，布鲁图斯正在滴水，虽然模样有点儿让人恶心，但他那些浅色的毛终于露了出来。现在的他就像杜宾狗和斑马的杂交品种，特别搞笑。

小蒂波心存疑虑。他鼓起勇气吹了一声口哨，他的狗狗立刻用快乐的叫声回应他。

"布鲁图斯！"他结结巴巴地说，"布鲁图斯……真的是你？"

小蒂波冲向自己的狗，布鲁图斯用力舔着他的脸。小蒂波抱住布鲁图斯，把失而复得的狗狗紧紧地搂住，高兴得哭了起来……

好多的水啊！池塘里的水，脸上的泪水，额头上的汗水，当然，还有一些口水。这真是不停滴水的欢乐重逢……

热尔曼把一切经过都告诉了他的警察朋友。这个警察看向了偷猎分子,那个坏蛋一脸狼狈地低下了头。

"你还偷了一只松露嗅探犬?问题更严重了啊,你这家伙!"

"乐乐、贝贝……谢谢你们!"小蒂波大声说,"多亏了你们,我才找回了布鲁图斯!"

他快步走向乐乐,非常腼腆地在她脸上轻轻亲了一下。

"不是我们的功劳啦。多亏了赫尔克里才对。"贝贝纠正他。

"你说得对!"小蒂波点点头,走过来拥抱了贝贝。

咳咳,好吧。他们又把我给忘在一边儿啦!

回去的路上,热尔曼和他的警察朋友押着那个坏蛋,走在我们的前面。双胞胎姐妹走在中间。她们俩一边走,一边唱起歌来。小蒂波牵着布鲁图斯,走在队伍的最后。布鲁图斯摇着尾巴,突然,他停了下来。

停在了一棵栗子树下。

他开始刨土了。

"乐乐、贝贝!"小蒂波喊了起来,"你们快过来!"

他激动地指着一块黑乎乎的"大石头"——那是他的狗狗刚刚从土里刨出来的。

"这是什么呀?"乐乐问道。

"是一块松露。"小蒂波小声说。

"它也太大了吧！"贝贝惊讶地叫了起来。

"我还是第一次见到松露呢。"乐乐兴奋地说。

小蒂波还没有回过神来。他目瞪口呆地站起身。

"这可是个了不起的大发现啊!等我把它带到村子里的集市上,它一定会引起轰动的!"

他的狗狗也露出骄傲的神情。布鲁图斯先是蹲坐下来,接着就趴下了。

我趁机钻到了他的两只前爪中间,就像以前那样。

双胞胎姐妹和小蒂波看着我们,一脸感动。

"他们总算又见面了呢。"贝贝小声说道。

"他们很有默契呢!"乐乐评价道。

小蒂波趁机模仿起我和布鲁图斯来。他站到了双胞胎姐妹中间,看着我们俩认真地说:"布鲁图斯,谢谢你!赫尔克里,也谢谢你！你真是一只超级厉害的猫呀！"

"没错，超级猫侦探！"乐乐表示同意。

唔，不错，他们总算看出我的能耐了。我心满意足地抖了抖毛。

"赫尔克里只是不会说话而已。"贝贝跟着说，看来她根本不懂我是在回应她们。

说到底，人类就是一种奇怪的生物。他们倒是会说话，只是缺少一点儿智慧。

# 作者介绍

克里斯蒂安·格勒尼耶，1945年出生于法国巴黎，自从1990年起一直住在佩里戈尔省。

他已经创作了一百余部作品，其中包括《罗洁丝探案故事集》。当时，我们还不知道作者对猫咪有着特别的偏爱，也不知道这些探案故事的女主角罗洁丝已经做了妈妈，还生了一对双胞胎女儿。

看来，赫尔克里——一只具有神奇探案天赋的猫，带着他的两个小主人（乐乐和贝贝）一起去探案，也不是什么值得大惊小怪的事情啦！

# 插图作者介绍

欧若拉·达芒，1981年出生于法国的博韦镇。

她2003年毕业于巴黎戈布兰影视学院，此后在多部动画电影中担任人物设计和艺术总监。她曾经为许多儿童绘本编写文字或绘制插图，同时在儿童读物出版行业中工作。

她与自己最忠实的支持者——她的丈夫朱利安和她的猫富兰克林一起生活在巴黎。